VENTE DU SAMEDI 24 JANVIER 1891

HOTEL DROUOT, SALLE N° 5

COLLECTION

DE

DESSINS

ANCIENS ET MODERNES

AQUARELLES — GOUACHES

TABLEAUX

EXPOSITION PUBLIQUE

Le Vendredi 23 Janvier 1891

Mᵉ PAUL CHEVALLIER
COMMISSAIRE-PRISEUR
10, rue de la Grange-Batelière

M. S. MAYER
MARCHAND D'ESTAMPES ET DESSINS
5, rue Laffitte (près la Maison Dorée)

HOMO
ADDITVS
NATVRÆ
IMPRIMERIE DEL ART

CATALOGUE

D'UNE COLLECTION

DE

DESSINS

ANCIENS ET MODERNES

AQUARELLES, GOUACHES

Parmi lesquels des œuvres de

E. de Beaumont, L. Boilly, Bonvin, Charlet
Cicéri, Corot, Daubigny, Decamps, Delacroix, Desrais
G. Doré, A. de Dreux, Robert-Fleury
Gavarni, Géricault, E. Isabey, Ch. Jacque, E. Lami, J. F. Millet
H. Monnier, A. de Neuville, de Nittis, Oudry
H. Pille, Prud'hon, Raffet, H. Regnault, H. Robert
Ph. Rousseau, Saint-Aubin, Taunay, Tiepolo, Troyon
C. Vernet, Vestier, Veyrassat, Vollon, etc.

QUELQUES TABLEAUX

DONT LA VENTE AURA LIEU

HOTEL DROUOT, SALLE N° 5

Le Samedi 24 Janvier 1891

à deux heures

M· PAUL CHEVALLIER	**M. S. MAYER**
COMMISSAIRE-PRISEUR	MARCHAND D'ESTAMPES ET DE DESSINS
10, rue de la Grange-Batelière, 10	5, rue Laffitte (près la Maison Dorée)

EXPOSITION PUBLIQUE

Le Vendredi 23 Janvier 1891, de 1 heure à 5 heures 1/2

CONDITIONS DE LA VENTE

La vente sera faite au comptant.

Les Acquéreurs paieront, en sus des adjudications, *cinq pour cent* applicables aux frais.

Paris — Imprimerie de l'Art, E. Ménard et Cⁱᵉ, 41, rue de la Victoire.

DÉSIGNATION

1 — **Allongé**. Paysage. — Fusain. Encadré.

2 — **Anastasi (A.)**. Paysage, effet du soir. — Crayon noir relevé de gouache. (Sous verre.)

3 — **Beaumont (E. de)**. Scène d'enfants. — Mine de plomb aquarellée. (Sous verre.)

4 — **Berchère (?)**. Vue prise près de Labassié au Caire.— Mine de plomb aquarellée. (Sous verre.)

5 — **Bertin (J. V.)**. Paysage. — Mine de plomb. Signé. Encadré.

6 — **Bodmer (K.)**. Vol de hérons au-dessus d'une mare.— Aquarelle. Sous verre.

7 — **Boilly (L.)**. Portrait du chanteur Chenard, de l'Opéra-Comique. — Tableau. Encadré.

8 — **Boilly (L.)**. Les Suites du jeu. — Aquarelle. Encadrées.

9 — **Boilly (L.)**. Le Départ. — Crayon.

10 — **Boilly (L.)**. Le Retour. — Crayon.

11 — **Boilly** (**L.**). Les Nègres. — Crayon.
Ces derniers ont été lithographiés.

12 — **Bonvin** (**F.**). Portrait de Mme Hasselmans. — Tableau.
Encadré.

13 — **Bonvin** (**F.**). Académie de Thomas l'Ours. — Crayon
noir. Sous verre.

14 — **Boulanger** (**G.**). Première Pensée pour le tableau :
le Baiser. — Encadré.

15 — **Chabal**. Fleurs. — Gouache. Encadrée.

16 — **Chabal**. Fleurs. — Gouache. Cadre en bois sculpté.

17 — **Chabal**. Fleurs. — Gouache. Encadrée.

18 — **Chabal**. Fleurs et fruits. — Gouache. Encadrée.

19 — **Charlet**. Les Bonnets d'âne. — Aquarelle. Encadrée.

20 — **Charlet**. Le Marié du village. — Superbe aquarelle.
Encadrée.

21 — **Charlet**. Le Plus Heureux des trois. — Aquarelle.
Encadrée.

22 — **Charlet**. Portrait en pied de Napoléon Ier. — Aquarelle. Encadrée.

23 — **Charlet**. Un Penseur. — Mine de plomb. Encadré.

24 — **Charlet**. Sur une même feuille, divers croquis à la
mine de plomb. — Sous verre.

25 — **Charlet** (?). Portrait équestre de Napoléon Ier. — Aquarelle. Sous verre.

Ces dessins proviennent en partie de la vente Coutan-Hauguet.

26 — **Charlet**. Jeune Mère et ses enfants. — A la plume. Sous verre.

27 — **Cicéri**. Dans un même cadre, quatre aquarelles. —

28 — **Cicéri** (**Eug**.). Paysage. — Tableau. Encadré.

29 — **Coignard** (**L.**). Poules et coq en liberté. — Tableau. Encadré.

30 — **Coignet** (**Léon**). Grenadier de la République. — Crayon noir relevé de gouache. Encadré.

31 — **Corot**. Paysage; vue d'Italie. — Tableau. Encadré.

32 — **Corot**. Étude de paysage. — Tableau. Encadré. Provenant de la vente du maître.

33 — **Daubigny**. Les Buttes Chaumont. — Deux dessins au crayon dans le même cadre.

34 — **Daubigny**, Vues de Saint-Cloud. — Deux dessins au crayon dans le même cadre.

35 — **Daubigny**. Parc du château de X... — Mine de plomb.

36 — **Daubigny.** Paysage avec cours d'eau. — Mine de plomb.

37 — **Daubigny.** Paysage, cours d'eau et héron. — Mine de plomb.

38 — **Daubigny.** Chevreuils se désaltérant. — Mine de plomb.

39 — **Daubigny.** Étude d'arbre. — Mine de plomb.
Ces derniers proviennent de la collection Giacomelli.

40 — **Daubigny** (C.). Rentrée d'un troupeau de bœufs par un temps d'orage. — Superbe aquarelle. Encadrée.

41 — **Daubigny** (C.). Florence ; long de l'Arno, hors de la porte della Croce. — Mine de plomb. Encadré.

42 — **Decamps.** Chasse au faisan, Chasse à l'ours. — Deux dessins à la plume. Encadrés.

43 — **Decamps.** Grec en embuscade près de la mer. — Superbe aquarelle. Encadrée.

44 — **Decamps.** Le Rat retiré du monde. — Crayon noir relevé de gouache. Encadré.

45 — **Decamps.** Vue prise à la villa Borghèse. — Mine de plomb rehaussée de blanc. Encadrée.

46 — **Decamps.** Chasseur et son chien. — Sépia. Encadrée. (Vente Coutan.)

47 — **Decamps**. Aux Bords de l'étang.

48 — **Delacroix (Eug.)**. Cheval. Aquarelle. Dans le bas, à droite : *Lundi, 28 août 54, dans l'après-midi, monté avec Chenavard par le chemin derrière le château.* — Encadrée.

49 — **Delacroix (Eug.)**. Sur la même feuille, diverses études d'armures. — Aquarelle. Sous verre.

50 — **Delacroix (Eug.)**. Sur la même feuille, différents croquis. — Plume et crayon. Sous verre.

51 — **Delaroche (Paul)** Tête d'étude pour le tableau de Charles Ier. — Crayon noir. Encadré.

52 — **Déneux (Gabr.)**. Le Pont-Neuf. — Aquarelle encadrée, signée et datée de janvier 1883.

53 — **Déneux (Gabr.)**. Le Quai d'Orsay pendant une inondation. — Aquarelle encadrée, datée et signée de janvier 1883.

54 — **Desrais**. Caricature avec personnages costumés. — Encre de Chine. Encadré. A été gravé.

55 — **Doré (Gustave)**. Barbe-Bleue remettant les clefs à sa femme. — Mine de plomb. Encre de Chine et gouache sur buis. Encadré.

56 — **Doré (Gustave)**. Jeune Femme méditant à bord d'un bateau. — Très belle aquarelle portant la dédicace : *A mon ami Edm. Hédouin.* Encadrée.

57 — **Dreux (Alfred de)**. Chevaux de course. — Aquarelle. Encadrée.

58 — **Dreux (Alfred de)**. Cheval en liberté. — Aquarelle. Signée. Encadrée.

59 — **Duplessis-Bertaux**. Robespierre amené blessé au Comité de Salut public, le 10 thermidor. — Dessin à la plume non terminé. A été gravé. Encadré.

60 — **Dupré (Vict.)**. Paysage. — Petit tableau. Encadré.

61 — **Dupré (Vict.)**. Petit paysage. — Encadré.

62 — **Durandeau (Em.)**. L'Huissier et les recors. — Dessin humouristique à la plume, sur une feuille de papier timbré, daté de 1874. Encadré.

63 — **Robert-Fleury**. Richelieu au chevet du père Joseph.

64 — **Fonville**. Deux paysages. — Tableaux. Encadrés.

65 — **Fromentin**. Cheval bai en liberté. — Signé. Daté 1854.

66 — **Gavarni**. Partie de campagne. — Sépia. Signé. Sous verre.

67 — **Gavarni**. Le Penseur. — Crayon noir et sanguine.

68 — **Géricault**. Soldats blessés; campagne de Russie. — Aquarelle non terminée. Encadrée. (Vente Coutan-Hauguet.)

69 — **Géricault.** Croupe de cheval; au verso, Soldats. — Mine de plomb et sépia. Sous verre.

70 — **Géricault.** Tête d'homme; étude pour le Naufrage de la Méduse. — Tableau provenant de la vente Léon Coignet.

71 — **Géricault.** L'Entraîneur romain aux courses de chevaux libres. — Étude à l'huile. Encadrée.

72 — **Géricault.** Devant l'auberge. — Plume. Cadre en bois sculpté.

73 — **Géricault.** Maréchal ferrant maîtrisant un cheval. — A la plume. Sous verre.

74 — **Géricault.** Tête d'homme mort. — Étude pour le Naufrage de la Méduse.

75 — **Greuze** (?). Portrait de Lacépède. — Sanguine. Encadrée. De la collection Drouet.

76 — **Guardi.** Deux Vues de Venise. — Gouaches. Encadrées.

77 — **Guérin.** Bonaparte pardonnant aux révoltés du Caire. — A la plume. Encadré.

78 — **Guys** (C.). Rencontre au bois. — Aquarelle non terminée. Encadrée.

79 — **Heim.** Portrait en pied de Henri IV. — Étude peinte
sur carton.

80 — **Heim.** Personnages historiques de la fin du xvıᵉ siècle. — Étude peinte sur carton.

81 — **Hennequin (Phil.-Aug.).** Couronnement de l'impé-
ratrice Joséphine. — Plume et sépia. Sous verre.

82 — **Hillemacher (E.).** Jeune seigneur en costume
Louis XIV. — Crayon noir rehaussé de couleur. Encadré.

83 — **Hoguet (C.).** Moulins au bord de la mer. — Aquarelle. Encadrée.

84 — **Isabey (Eug.).** Village. — Aquarelle, signée E. J.,
1822. Encadrée.

85 — **Isabey (Eug.).** Bords de rivière. — Aquarelle signée
et datée de 1821. Encadrée.

86 — **Isabey (Eug.).** Dans un même cadre, quatre marines.
— Mine de plomb. Provenant de la vente du maître.

87 — **Isabey (Eug.).** Bords de l'Escaut. — Aquarelle
gouachée. Encadrée.

88 — **Isabey (J. B.).** Portrait de M. Hugot, premier flû-
tiste de l'Opéra. — Tableau. Encadré.

89 — **Iung (Th.).** Revue de cavalerie. — Aquarelle. Signée et datée de 1646. Sous verre.

90 — **Jacque (Ch.).** Berger. — Étude au crayon noir. Sous verre.

91 — **Jolivard.** Intérieur de forêt ; paysage et animaux. — Aquarelle. Signée et datée de 1832. Encadrée.

92 — **Joly.** Portrait d'un artiste dramatique devant une table servie. — Plume et aquarelle. A été gravé. Sous verre.

93 — **Lami (Eug.).** Vue de Paris ; la Terrasse des Tuileries. — Aquarelle non terminée. Sous verre. A été gravée.

94 — **Leleux (Arm.).** Le Guitariste. — Crayon rehaussé. Encadré.

95 — **Linder (F.).** Jeune Femme. — Aquarelle. Sous verre.

96 — **Melin.** Brack français en arrêt. — Signé.

97 — **Michel.** Paysage. — Esquisse à l'huile. Encadrée.

98 — **Millet (J. F.).** La Mort et le Bûcheron. — Crayon noir. Dessin non terminé.

99 — **Millet (J. F.).** Étude pour le tableau : *la Charité.* — Crayon noir. Sous verre.

100 — **Monnier (Henry)**. Portrait de Joseph Prudhomme, debout. — A la plume. Signé et daté de Bayeux, mars 1859. Encadré.

101 — **Monnier (Henry)**. Tête de vieillard. — Mine de plomb. Signé et daté de juin 1849.

102 — **Monnier (Henry)**. Tête d'homme. — Aquarelle. Encadrée.

103 — **Monnier (Henry)**. Portrait du maître, assis, dans le rôle de Joseph Prudhomme. — A la plume. Sous verre.

104 — **Monnier (Henry)**. Joseph Prudhomme debout, les bras croisés. — Plume et aquarelle. Sous verre.

105 — **Monnier (Henry)**. Portrait de Lepeintre jeune. — Mine de plomb. Signé et daté de 1839. Sous verre.

106 — **Monnier (Henry)**. Portrait de Kean dans un rôle de domestique. — Aquarelle. Sous verre.

107 — **Monnier (Henry)**. Tête de vieillard coiffé d'un bonnet de coton. — Mine de plomb. Daté du 12 octobre 1846. Sous verre.

108 — **Monnier (Henry)**. Portrait de l'artiste dramatique Geoffroy. — Mine de plomb. Signé et daté de 1859. Encadré.

109 — **Monnier (Henry)**. Portrait de Mme Aline Duval. —
— Mine de plomb. Signé et daté de 1851. Au bas, un
quatrain autographe signé de Jules Janin.

110 — **Monnier (Henry)**. Portrait d'un artiste dramatique,
daté de Besançon, 1858. — Mine de plomb. Encadré.

111 — **Neuville (A. de)**. Cheval couché. — Étude à l'huile.

112 — **Nicole**. Deux Vues de Paris : Bords de la Seine. —
Aquarelles. Encadrées.

113 — **De Nittis**. Paysage italien. — Tableau. Encadré.

114 — **Oudry**. Poule. — Crayon noir rehaussé de blanc sur
papier teinté. Encadré.

115 — **Ouvrié (Justin)**. Vue de Hollande. — Aquarelle
avec dédicace. Encadrée.

116 — **Pigal**. Tempête dans le ménage. Confidences. —
Deux aquarelles. Signées et datées de 1829. Encadrées.

117 — **Pille (H.)**. Félicitations à un nouveau décoré. —
Plume aquarellée. Sous verre.

118 — **Poterlet (H.)**. A l'ombre. — Aquarelle. Encadrée.

119 — Poterlet (H.). Charles Ier, d'après Van Dyck. —
Tableau. Encadré.

120 — Poterlet (H.). Intérieur d'artiste. — Tableau. Encadré.

121 — Poterlet (H.). Copie d'après Van Dyck. — Tableau.
Encadré.

122 — Prud'hon. Le Général Bonaparte monté sur Pé-
gase. — Crayon noir rehaussé de blanc sur papier
teinté. Sous verre. (Exposition de la Révolution française, n° 1270.)

123 — Raffet. Généraux de la première République. —
Aquarelle. Au bas, à droite : Donné par Raffet à Fré-
rot, 1825. Sous verre. (Exposition de la Révolution française, n° 1479.)

124 — Raffet. Une Rue de Cadix. — A l'encre de Chine
relevée de gouache. Encadrée. (Collection San-Donato).
— Pêcheur napolitain.

125 — Regnault (H.). Attelage de chevaux. — Mine de
plomb. Encadré. Signé et daté.

126 — Robert (H.). Intérieur de cuisine. — Plume relevée
de bistre et d'aquarelle. Signé et daté de 1764. Sous
verre.

127 — **Rosen** (**J**.). Cavalier en vedette. — A la plume.
Encadré.

128 — **Rousseau** (**Ph**.). Instruments de musique avec le
portrait de Chardin. — Aquarelle. Encadrée.

129 — **Rousseau** (**Ph**.). Le Lapin et la Sarcelle. — Tableau.

130 — **Roux** (**H**.). Vue de Hampton-Court. — Aquarelle.
Encadrée.

131 — **Roux** (**H**.). Vue de Windsor. — Aquarelle. Encadrée.

132 — **Saint-Aubin** (**Aug. de**) (**?**). Portrait de Jeune
Femme. — Crayon de couleur. Encadré. Dessin fait pour
la gravure.

133 — **Taunay** (**N. A.**). Paysage auprès d'un cours d'eau;
groupe de danseurs. — Joli dessin à la sépia. Encadré.

134 — **Tiepolo**. Croquis pour Roland furieux. — Sépia.
Sous verre.

135 — **Troyon** (**C.**). Attelages de bœufs. — Dessin au
crayon noir rehaussé de sanguine. Sous verre.

136 — **Troyon** (**C.**). Bœufs au repos. — Dessin au crayon
noir rehaussé de blanc. Sous verre.

137 — **Troyon** (**C.**). L'Abreuvoir. — Dessin au crayon noir, rehaussé de blanc. Sous verre.

138 — **Troyon** (**C.**). Berger et son troupeau. — Dessin au crayon noir, rehaussé de blanc. Sous verre.

139 — **Troyon** (**C.**). Portrait de Mme X... — Pastel. Sous verre.

140 — **Vauzelle**. Vue du château de Bourges. — Aquarelle. Encadrée.

141 — **Vauzelle**. Vue du château de Nantes. — Aquarelle. Encadrée.

142 — **Vernet** (**Carle**). Scène de chasse. — Plume et sépia. Sous verre.

143 — **Vernet** (**Carle**) (?). Quatorze croquis, portraits, charges et autres. — A la mine de plomb et à la plume ; dans deux passe-partout.

144 — **Vestier**. Tête de jeune femme. — Mine de plomb rehaussée de couleur. Encadrée. (Exposition de la Révolution française, n° 1737.)

145 — **Veyrassat**. Tête de cheval. — Aquarelle. Sous verre.

146 — **Vigneron**. Portrait de jeune homme. — Très fine aquarelle. Encadrée.

147 — **Vincelet (V.)**. Melon, pêches et prunes. — Tableau.

148 — **Vincelet (V.)**. Fleurs. — Tableau.

149 — **Vincelet (V.)**. Projet pour panneau décoratif. — Sépia rehaussée de blanc. Encadré.

150 — **Vincent**. Portrait de Talleyrand-Périgord. — Crayon sur papier teinté. Encadré. De la collection Drouet.

151 — **Voillemot (Ch.)**. Fleurs dans un vase. — Aquarelle. Encadrée.

152 — **Vollon**. Soleil couchant; paysage avec figures. — Signé. Sous verre.

153 — **Zelotti (?)**. Étude pour un plafond. — Plume et lavis. XVIe siècle. Encadré.

DIVERS

154 — Seize boutons. Vues de Paris, gouachées. — Encadrés.

155 — Nymphes chasseresses au bord de l'eau. — Gouache du xviiie siècle. Encadrée.

156 — L'Amour. — Crayon noir. Encadré.

157 — Tête d'homme ; portrait présumé de Joseph Vernet. — Mine de plomb. Sous verre.

158 — Espiègleries. Cris de Paris. Deux copies de l'École française du xviiie siècle. — Sous verre.

159 — Trois panneaux décoratifs composés de figures et d'ornements. — Aquarelle.

160 — Grenadier de la vieille garde. — Aquarelle signée J. C. Encadré.

161 — L'Avocat napolitain. — Gouache. Encadrée.

162 — Portrait du roi Jérôme. — Aquarelle. Sous verre.

163 — Projet architectural. — Lavis rehaussé. Encadré.

164 — Marine. — École hollandaise. Lavis relevé de couleurs. Encadré.

165 — Portrait d'un Conventionnel. — Crayon noir et sanguine. Encadré.

166 — Sous ce numéro, un certain nombre d'aquarelles et de dessins en feuilles. (Sera divisé.)

167 — Campement de bohémiens. — Sépia. Signée D. C. Encadré.

168 — Portrait d'homme, époque de la Révolution. — Fixé. Encadré.

169 — Constructions au bord d'une rivière. — Plume et lavis. xviii⁰ siècle. Encadré.

170 — Vue de Tivoli. — Gouache. Fin du xviii⁰ siècle. Encadrée. (Collection Poterlet.)